Crier, ça fait du bien

Matthieu Carrani

Crier, ça fait du bien.

© 2019, Matthieu Carrani

Modèle : Vincent Dupuy

Édition : BoD – Books on Demand
12/14 rond-point des Champs-Élysées, 75008 Paris
Impression : BoD - Books on Demand, Norderstedt, Allemagne

ISBN : 9782322109258
Dépôt Légal : Janvier 2019

A tout ceux qui méritent de se sentir concerné.

Rituel

Je suis sur le bord de la route. Je me suis assis, j'ai posé mes coudes sur le haut de mes genoux pour appuyer ma tête sur mes bras. Je regarde le sol. De temps en temps je relève les yeux pour espérer apercevoir quelque chose qui ne viendra jamais et que je n'attends pas réellement. Au bout de cinq minutes, je commence à m'ennuyer, je dois faire quelque chose. Une cigarette, je trouve toujours la même solution à mon ennui, j'allume une cigarette. Je sais pourtant que ça ne m'empêchera pas de penser mais ça donnera l'impression à mon corps de ne pas perdre son temps. Je suis même arrivé à me convaincre qu'inhaler cette saloperie avait des vertus thérapeutiques sur mon inconscient.

Je suis revenu dans la ville où j'ai grandi. J'y reviens souvent, dès que j'ai un moment. C'est ma petite campagne de banlieue parisienne. Alors que c'est une ville bien loin de la première définition du mot « campagne ». Il n'y a rien de touristique mais l'on n'y manque de rien. Sauf peut-être d'empathie et de bienveillance. Les gens y sont riches mais pas millionnaires, ils n'exposent pas leur argent mais tout le monde sait qu'ils en ont. Les personnes âgées y sont les principales protégées des politiciens. Les jeunes y vivent heureux, en bande mais toujours solitaire. Ce n'est pas une ville de passage. On y dépose ses bagages car on s'y sent bien et on s'y complait pour ceux qui se sont déjà résignés à une vie simple. Ça me fait du bien d'y retourner de temps en temps pour y apprécier des après-midis à l'ombre du grand saule pleureur qui orne le jardin de la maison qui m'a vu rire, grandir, mentir ou encore boire et pleurer.

Je suis dans la rue des Sèvres. Longue allée que j'ai emprunté tous les matins pendant les quatre années de mon collège ainsi que les trois années suivantes pour l'arrêt de bus « Gendarmerie » qui me conduisait au lycée en trente-cinq minutes. J'y retrouvais Gabrielle, Antonin, Matéo, Amélie et Fabien, la bande de copains du bus. Ceux qui m'ont vu courir pour ne pas manquer de monter à bord, ceux aussi qui m'ont vu cerné de fatigue et angoissé à l'idée d'entamer une nouvelle journée au pays de l'imposture adolescente. Ceux avec qui j'ai fumé mes premières cigarettes dans un paquet de Camel White trouvé par terre au coin fumeur devant les portiques d'entrées. Ceux avec qui je faisais semblant de savoir jouer de la guitare, adossé aux arbres pour attirer des filles qui se trouvaient laides et que, secrètement, je trouvais laides aussi. Ceux pour qui je devais toujours faire mes preuves.

J'écrase mon mégot, et me dis que je le laisse en évidence à une place précise pour ne pas oublier de le récupérer pour le jeter dans une poubelle, tout en sachant très bien que je partirai sans même me retourner et que ce n'était que pour me donner une bonne conscience écologique que, de toute évidence, je n'ai pas. Mise à part utiliser un navigateur de recherche qui plante des arbres à chaque connexion car ça ne mérite aucun effort, je suis un minable concernant la protection de cette terre qui m'a accueilli sans que je lui demande sa permission. Ce sera donc en partie de ma faute si les enfants de demain auront trois yeux et un cancer des poumons avant même de naître. Mais je suis assez égoïste pour oublier en cinq secondes l'absolue nécessitée de se rendre coupable de ses actes, ou en tout cas d'envisager qu'ils auront un impact.

Je prends maintenant mon téléphone portable, pour bien vérifier que je ne suis pas en retard sur l'actualité sociale de chacune de mes connaissances. Toujours dans ce besoin d'occuper mon esprit à autre chose que des pensées que je n'aime pas avoir. Je vois sans regarder, je commente à mi-mots sans m'intéresser parce que je n'aime pas les gens. C'est une réalité facile et difficilement acceptable mais il n'en reste pas moins que ce soit réfléchi. Je n'aime pas les gens dans leur entièreté tout simplement parce qu'ils ne le sont pas. Et d'ailleurs moi non plus. Ce n'est pas (seulement) le cliché de l'éternel asocial aigri, mais simplement une vérité qu'il m'a fallu accepter. Ce n'est pas les gens que j'aime, c'est le temps qu'ils m'accordent à ne pas penser à moi.

Je vois déjà ma mère :

« C'est un genre que tu te donnes, je te connais moi, tu n'es pas comme ça, en tout cas pas vraiment, c'est ce que tu aimes faire voir aux autres, ça, c'est du vent. C'est moi qui t'ai fait quand même, je sais bien que tu n'es

pas comme ça. Tu fais semblant. C'est pour dire que tu es différent. »

Non, maman, ce n'est pas pour dire que je suis différent, c'est pour dire que je ne vais pas bien. Et le pire c'est que je suis incapable de te dire pourquoi. On aurait beau discuter des heures, tu pourrais me poser toutes les questions du monde, je trouverais toutes les réponses du monde mais pas à celles que j'aurai envie qu'on me pose. Je ne sais pas même pas ce que j'aimerais que l'on me pose comme questions.

Je fouille une énième fois dans mon sac en espérant y trouver un autre moyen de m'occuper l'esprit. J'y trouve des pièces de monnaies rouillées, de vieux filtres, plus très blancs, de l'époque où je trouvais ça stylé de fumer des cigarettes roulées pour ressembler à un Ryan Gosling. J'y trouve deux ou trois paquets de mouchoirs que j'avais glissé là en prévention d'un chagrin d'amour mais qui ne servent en réalité qu'à essuyer les tables et autres vêtements qui subissent les pintes de bières renversées quand, « tu es déjà à la cinquième » mais que « tu gères » encore. J'y trouve des livres, toujours des livres, il n'y a que des livres que je ne lirais jamais mais que je garde pour faire croire à tout le monde que je suis un intellectuel, quand j'ouvre mon sac au moment de régler mes notes en fin de nuit.

J'y trouve un briquet qui ne fonctionne plus, des stylos qui ont fui, un décapsuleur cassé, et des dizaines de tickets de carte bancaire illisibles du fait de leur vieillesse.

Peine perdue, rien ne peut me sauver alors j'en rallume une, et de mon autre main, je tâte le sol, sans même le regarder, pour y trouver des morceaux de bois ou des feuilles d'arbres séchées. Je veux les tordre, les casser, les déchiqueter. Je veux sentir que moi aussi je suis capable de faire subir ça à quelque chose ou à quelqu'un.

Et c'est sans cesse la même histoire. Dès que les larmes montent. Dès que je tremble. C'est la même histoire. Le même scénario, en boucle, jusqu'à ce que je sois satisfait d'avoir réussit à me calmer « tout seul »

Obsession

Un matin silencieux, comme tous les autres matins, je descendais du bus avec quinze minutes de retard, ce qui me faisait rater ma première heure de cours et qui annonçait par la même occasion, quarante minutes à écouter les autres discuter assis en tailleur contre le grand poteau en béton qui gisait au milieu du parvis du lycée. Quarante minutes à me demander pourquoi je n'intervenais pas pour donner mon avis, pourquoi j'étais obligé de changer les discussions en parlant d'un souvenir commun, pourquoi dès qu'il fallait s'investir corporellement et intellectuellement dans une discussion, où chacun de nous devait trouver sa place, je fuyais du regard ou simulais la réception d'un message important. Ce jour était différent parce que je m'étais promis quelque chose devant mon miroir au réveil : Aujourd'hui tu es heureux. Aujourd'hui tu arrêtes de dire « ça va » en faisant exprès de faire comprendre le contraire, aujourd'hui tu fais des blagues.

Ironie tragique, le jeune garçon perturbé, éternel insatisfait, qui veut devenir comédien, qui est mauvais public et dégouté par les gens étant atterré par le jugement facile, et il veut s'essayer au bonheur pour une journée ? Mais, oui, il était temps de se confronter au comique, de piquer là où ça fait rire, de sortir la plus belle vanne de la journée. J'étais déterminé, rien ne pouvait m'arrêter, j'enchainais les interventions douteuses quitte à passer pour un raciste, un homophobe, un sale con, une raclure, un phénomène de foire, une tête de turc, un idiot, je n'en avais plus rien à foutre. Je balançais mes phrases avec une confiance déconcertante, j'étais rempli d'excitation, c'était une des rares fois où je me sentais vivant et que ça ne me faisait pas peur. Je ne redoutais plus rien, ni personne, j'avais même arrêté de me redouter moi-même. Le problème avec cette prise d'initiatives qui n'était pas du tout contrôlée, ni abordée avec sécurité, est que le reste du monde m'a regardé avec des yeux que je n'avais jamais vu, une interrogation suivie d'une désapprobation complète. Comme un signe de prévention avant d'aller trop loin, mais justement, je voulais aller trop loin. Si j'allais juste loin, je me perdais, j'étais alors obligé d'aller trop loin pour me retrouver.

« C'est sûr que quand on est une pute, c'est compliqué de manger la bouche grande fermée. »

Je me trouvais hilarant, brillant et j'étais le seul. Cet épisode m'a couté des heures de discussions interminables chargées de message de dizaines de pages pour expliquer que je n'étais pas bien compris, que c'était leur faute si j'en étais arrivé jusque-là, que s'ils m'aimaient et me connaissaient vraiment, ils comprendraient. Et puis, une de ces personnes m'a dit : « C'est facile de se faire passer pour la victime, un appel au secours, ça se fait avant, pas quand c'est trop tard. » Je lui en ai beaucoup voulu mais aujourd'hui je sais qu'elle avait raison et je donne désormais à cette affirmation autant d'importance qu'à la régularité de mes pulsations cardiaques.

A force de me construire autour de cet accident semi-volontaire, j'ai fini aujourd'hui par détester tout ceux et celles qui minimisent leur avis quitte à les détester si je ne suis pas d'accord. Je m'emporte affreusement contre les gens qui font semblant de tout temporiser, qui fuient le dialogue, qui refusent de s'investir dans une opinion réfléchie. En fait, je déteste les gens qui se comportent comme je l'ai fait pendant des années. Je me déteste à travers eux. Je m'emporte violemment quand on a le culot de me dire que je ne suis pas assez « à l'écoute », que je réduis les choses à ce que je pense, que je suis fermé. Je hurle quand des pseudos bobos insupportables ne font que prendre parti pour tout le monde, prônent une parole universelle insensée et donnent raison à des criminels sans se rendre compte de ce qu'ils essayent de me faire tempérer.

Phase dépressive

J'ai essayé, je le jure, j'ai essayé de me confronter à la pression sociale que l'on essaye de m'imposer, au léger sourire que j'ai dû esquisser pour ne pas passer pour un idiot, j'aurais envie de hurler, je voulais crier que je n'étais pas un monstre qu'on regarde. Puis j'ai pensé à ce que tu m'as dit, le deuxième jour quand tu es venu t'assoir à côté de moi toujours sur ce même trottoir désuet, tu m'as dit que croire en quelque chose qui n'est pas vrai est le propre de l'être humain et que je n'avais de cesse de croire que je ne valais pas la peine. J'ai eu espoir que tu aies raison, mais malheureusement aucun autre mot ne pourrait mieux me décrire, ne pas valoir la peine, juste ne pas valoir la peine, même de rien, je n'en vaux pas la peine. Et pourtant je me bats encore, j'essaye d'affronter cette peur qui me ronge d'être une déception.

J'ai tellement l'image incessante de ma mère qui me répète en sourdine, juste derrière mon oreille que je ne serais jamais à la hauteur, alors que c'est un fantasme masochiste. Elle ne m'a jamais dit ça, mais je rêverai qu'elle l'ait fait pour avoir une raison en plus d'être malheureux.

C'est ces mots que je veux que le monde entier entende, je veux que le monde entier sache que je suis comme un être mort qui ne demande qu'à ressusciter. Je veux tout envoyer balader, tout envoyer valser, et juste crier que la partie la plus profonde de moi, résiste encore. Je ne lâche pas complètement la barque, mais je suis effroyablement apeuré.

Je suis perdu. Tellement perdu, j'ai besoin d'éclaircir tout ça, de faire un point, ou, je ne sais pas, de mettre un point à toute cette histoire qui n'existe pas. Je suis dingue, c'est ça ? De toute façon rien ne peut être pire que d'être un pauvre type non ?

Je suis fatigué, je le sais, je l'ai compris, je suis fatigué de lutter pour arriver à en sortir quelque chose de cette vie, alors que je n'ai rien demandé, tout aurait certainement été plus simple, si tu n'étais pas arrivé pour tenter de me réveiller, je me serais laisser mourir. J'aurai dit adieu à cette vie avec la même classe avec laquelle elle m'a accueillie.

Je me perds un peu plus chaque jour, à la recherche de réponses. Je suis tellement persuadé que cette vie n'est pas pour moi. Alors je me suis caché toutes ces années derrière un masque qui m'a enfermé bien plus que je n'aurais pu l'imaginer. Je suis un hermite qui ne l'a pas choisi et je crois qu'il est temps que ça s'arrête. Comment y arriver ? Cette question tourne en boucle dans ma tête et chaque fois que je trouve une motivation concrète, je me dis que c'est beaucoup plus facile de ne pas tenter le diable au risque de tout perdre. Quoique je n'ai pas grand-chose à perdre.

Je ne suis pas le fils que mon père aurait aimé avoir, je ne suis pas l'enfant que ma mère idéalisait. C'est faux. Je sais que c'est faux mais je ne peux pas m'empêcher de le penser.

Je ne suis pas l'ami attentif et présent, je ne suis pas celui qu'on n'oubliera pas et je suis pourtant horriblement effrayé par la mort, à tel point qu'il m'a fallu prévoir mes funérailles. J'ai tout orchestré, j'ai écrit une scène de théâtre où chacun à son rôle à jouer, j'ai prévu les couleurs, les discours de chacun, qui doit pleurer, qui ne doit pas, qui chantera, qui esquissera un sourire, je veux que tout soit parfait, comme je l'ai prévu.

Aussi j'ai peur de ne pas avoir dit assez de choses, de ne pas avoir réglé des problèmes fatalement irrésolvables. Et c'est tant de fatigue, de se dire, que je ne suis rien tout en rêvant d'être tout.

J'ai tenté la drogue, j'ai tenté l'alcool, la littérature, l'art, j'ai tenté l'intelligence, le devoir de mémoire mais tout ça n'était qu'une façon de repousser ce mal omniprésent.

Et finalement tu pourras me surprendre à coup sûr à me branler une énième fois sur des vidéos qui ne m'excite même pas, à regarder des épisodes d'une série pas si bien que ça, à écrire d'innombrables textes en essayant de me convaincre vainement de leur qualité.

Je suis pris dans un cercle vicieux qui m'oblige à me rendre. C'est un acte de confession que je me dois de faire. Pas vers dieu, parce que ; pas lui, je le hais, je voudrais qu'il soit mort, non, je voudrais qu'il n'ait jamais existé. Je ne veux plus parler en imaginant, en essayant de deviner. Alors c'est envers moi que je dois le faire, un abandon constant avec une vie instable.

C'est plus fort que moi, je deviens fou de ce silence, je vais finir par imploser. Je n'arrive plus à me taire, je dois le dire, je dois faire savoir au monde entier que je souffre mais que je peux accomplir de grandes choses, j'en suis capable, je le sais. J'ai seulement besoin de force, besoin de reconstruire pas à pas tout ce que j'ai détruit en m'enfermant consciemment dans le noir.

J'ai seulement ce besoin d'un regard, d'une présence, de quelqu'un en qui croire.

C'est terrible ce sentiment d'impuissance, de sentir que le monde entier s'écroule mais que personne n'a l'air de s'en rendre compte. Tout avance, rien ne s'arrête. Qu'il n'aurait pas besoin d'une pause. Le temps va trop vite, je ne veux plus oublier d'exister, j'ai trop peur de passer à côté. Tout est si difficile mais personne ne s'arrête.

J'ai tellement peur. A trop vouloir sortir du noir, est-ce que je ne suis pas en train de tout faire pour m'y coincer pour toujours ? Est-ce que ça sert vraiment à quelque chose tout ça ?

Putain, est-ce que ça sert vraiment à quelque chose tout ça ? Est-ce que ça sert à quelque chose d'avoir peur de soi-même ? De toujours regarder derrière comme si j'étais relié indéfiniment à mon passé ?

J'ai les mains qui tremblent, et je ne suis même pas capable de savoir si c'est parce que je veux mourir ou parce que je veux revivre. J'ai envie de frapper quelqu'un, de hurler que le monde c'est de la merde et que je ne me retrouve en rien, même pas en moi. Je suis capable d'aimer mais je sais aussi très bien que ça entrainera une profonde peur de perdre ce bonheur que j'ai envie de croire légitime. Et ce n'est pas humain, putain ce n'est pas humain de regarder son voisin avec la boule au ventre sans savoir si c'est parce qu'il me plaît ou parce que je voudrais lui cracher dessus. Ce n'est pas humain de faire semblant d'être d'accord avec des sujets qui me feraient mourir de honte de défendre. Ce n'est pas humain de dire « oui, oui mais » alors que j'ai envie de dire « non, non ta gueule ». Ce n'est pas humain de m'empêcher de casser des vitres parce qu'elles ne sont pas à moi.

Ou alors, si, justement, c'est trop humain de faire tout ça et je n'ai plus la force de me cacher pour faire croire que je suis comme ça mais juste timide et inintéressant.

Est-ce que mon avis ne compte pas et que ce serait alors trop humain de l'accepter ou du moins l'entendre ?

Phase Maniaque

Tout va très vite aujourd'hui, je me réveille à 7h00 dans ses bras, je ne veux pas partir, mais je dois. Je me lève, trop vite, comme d'habitude, je ne vois que des étoiles et je manque de tomber. J'essaye de m'approcher de la cuisine, (enfin, de l'espace réservé à la confection de repas typique d'un étudiant dans vingt mètres carrés) pour me servir un grand café que je n'aurais pas le temps de boire parce que je suis persuadé d'être en retard. Je suis nu, j'attrape ma serviette et me dirige dans la partie la plus spacieuse de mon appartement, la salle de bains aux normes handicapés. Je prends une douche très rapide, je me lave les dents, me passe deux ou trois fois la main dans les cheveux, inspecte longuement chaque recoin de mon visage, je me parfume avec les dernières gouttes qui me serviront une bonne semaine, et toujours nu, me dirige une nouvelle fois vers mon café pour constater, avec évidence, qu'il est toujours trop chaud pour moi. Je m'habille, dans le noir pour ne pas le réveiller. (C'est de là que viens mon obsession des chaussettes différentes. A force de me vêtir dans le noir, je ne suis plus capable de mettre les deux mêmes chaussettes). Je mets mes cigarettes et mon briquet dans ma poche, et attrape mon sac que j'ai préalablement préparé la veille à minuit. Je l'embrasse. Il ronchonne et se tord dans tous les sens, je craque. Il me demande un baiser supplémentaire et m'attrape le cou pour me faire comprendre que lui non plus ne veut pas que je parte et moi de lui répondre que je n'ai pas le choix mais que je l'aime. Je lui rappelle de bien fermer la porte et de ne pas laisser les clefs dans la serrure. Je pars et dévale les escaliers de peur de rater mon RER, alors que je suis, comme d'habitude, extrêmement en avance. Sur le quai, je rencontre Sonia, ma professeure de danse avec qui je suis censé être en cours dans une heure. Nous discutons et à elle de me demander pourquoi je ne prends jamais de risque et pourquoi je suis si triste comme garçon. Je lui réponds que je ne sais pas, que je suis comme ça, que cela doit être une sorte de fatalité. Elle lève les yeux au ciel, et me dit que je n'entends pas assez que je suis beau. J'apprécie sa volonté de m'aider mais je n'en crois pas un mot. J'ai envie de lui prendre la main et de là faire fouiller dans mon cœur pour qu'elle s'aperçoive d'elle-même que ce qu'elle dit relève de l'idiotie. Je commence à la charmer, à lui dire que je suis sûr que son mari porte le même prénom que moi, elle me le confirme. Je deviens fou.

« Et je suis sûr que pour cette raison, tu ne vas pas tarder à m'inviter pour boire un verre avec toi. »

Je dis « toi » pour la première fois, elle ne se braque pas et rigole, elle rigole beau, je veux dire, qu'elle a un joli rire qui résonne et ne dérange aucun des autres passagers concentrés sur leur journée de travail qui les attend. C'est incroyablement pénible de constater le manque de joie dans les transports en commun, comme si on avait tous pris consciemment le même train en direction des enfers mais qu'il était obligatoire de montrer que cela ne nous satisfaisait pas. Elle au contraire, elle veut montrer qu'elle se croit heureuse dans son petit appartement à Fontenay-sous-Bois, avec son beau mari pompier, avec son beau métier d'artiste. Nous allons au même endroit mais elle a pris l'habitude de récupérer la ligne 9 à la station

Havre-Caumartin, tandis que moi, j'ai pris l'habitude de la prendre à Nation. Nous nous sommes souri en guise d'au revoir. Je marmonne, inaudiblement, un petit « à tout à l'heure Sonia » qu'elle ne remarquera même pas.

Quand je retrouve les autres étudiants stupides, je ne décroche pas un seul bonjour, je fixe mon objectif ; partir de cet endroit avant vingt heures et surtout n'adresser la parole à personne. Je m'accorde des exceptions pour Laure et Cécile, elles sont sympas, j'ai moins de difficulté avec leur visage, leur expression, elles sont plus simples en apparence et je sens que quelque part elles n'aiment pas les gens non plus. Elles aussi, elles ont compris qu'il fallait se protéger dans ce genre de microcosme socialement dégénératif. C'est simple, dans un monde construit autour et uniquement pour ou contre la sexualisation des corps dans le travail, il m'était nécessaire d'être hétéro pour ceux qui ne le sont pas et inversement. Surtout pas « sans identité sexuelle », non, il fallait correspondre à quelque chose, se ranger dans une certaine catégorie. Alors, je me suis rangé dans toutes celles qu'on avait décidé de me donner. Tant est si bien que je suis devenu l'objet des désirs et des fantasmes de la plupart de ces sociopathes emmanchés.

Un jour, je descendais les escaliers lugubres (mais particulièrement intime du fait de leur étroitesse), tandis que le plus beau garçon de l'école, que je trouvais hideux en réalité, les montait. Dans mon monde, je n'avais pas envisagé ce qui pouvait se passer, et malheureusement le pire pour moi se produisit. Il m'arrêta au milieu de mon parcours, me plaqua contre le mur avec violence, et avant même que je n'ai l'envie de prononcer un mot, il posa son doigt sur ma bouche et me dit « tais-toi, laisse-moi faire ». J'étais tétanisé par le ridicule de cette scène, il posa évidemment ses énormes lèvres sur les miennes et tenta d'insérer sa langue dans ma bouche, je me laissais faire, n'éprouvait aucune excitation, aucun plaisir, aucune envie. Je ne me sentais pas agressé, ni incroyablement flatté. Je le trouvais juste ridicule et le laissais finir son acte qu'il devait qualifier d'héroïque. Dès demain, il pourrait dire, je l'ai embrassé. Moi, je l'ai embrassé. Moi et pas un autre.

C'était sans compter sur mon amour de la tragédie, qui m'obligea, (et c'était bien plus fort que moi), à raconter cet évènement à son copain avec lequel il vivait un amour passionnel depuis un an maintenant. J'avais déclenché une guerre et un séisme allait s'abattre sur sa gueule. Il ne serait plus jamais le plus beau de l'école.

Dans ces jours je me pensais invincible, je me considérais plus que n'importe qui, certes de manière éphémère, mais je ressentais ce truc que doivent ressentir les gens puissants. C'est une sensation qui me rendait capable du pire, je devenais complètement imprévisible et n'avait plus rien à faire d'une quelconque empathie, ou gentillesse. J'étais un monstre parmi les monstres. Un soldat mi mort tirant de sang froid dans le dos de celui qui le traîne sur un brancard. Je n'étais plus moi-même ou peut-être que si, au contraire. J'étais trop moi-même.

La Route

Et c'est comme ça que j'ai décidé de partir. Sans me retourner, avec une énorme boule d'angoisse qui grossissait chaque minute qui me rapprochait un peu plus de mon premier pas, des futurs deux cent cinquante kilomètres que je m'étais imposé de parcourir, seul, sans aucun autre moyen de transport que mes jambes. Et je le raconte comme si j'avais accompli un acte soulignable, glorieux alors qu'en réalité, il n'y avait rien d'exceptionnel à être tellement au bord du gouffre que je n'avais pas trouvé d'autre solution que de partir.

Une chose m'a frustré, même vouloir partir, il faut organiser, il faut préparer ses affaires, savoir quand, comment, combien de temps. Aucun départ n'est vraiment prématuré. En tout cas, ce n'est pas possible sans faire souffrir personne.

Au troisième jour, après avoir dormi dans la forêt, puis dans la maison d'une charmante dame qui vendait des chapeaux sur le marché, je suis reparti sur la route, le cœur bien plus léger qu'en partant. Quelques six heures de marche plus tard, je me suis arrêté aux alentours d'un camping, transpirant, à bout de souffle, le tee-shirt humidifié de sueur, sans une goutte d'eau dans ma bouteille. Je décide de m'arrêter ici pour dormir même s'il est question de passer la nuit sur un banc. Je me dirige vers l'entrée du camping avec pour idée première de demander une ration d'eau et éventuellement n'importe quelle aide qu'ils voudraient bien me donner. Sous ma casquette bleue, je cache une fausse pudeur et me présente à la jeune et très jolie jeune femme face à moi. Elle m'annonce qu'elle peut m'aider mais que ça ne peut pas être gratuit. Dans ma tête, je me dis que c'est une phrase qui pourrait être dit par une pute, et ça me fait rire. Elle a une caravane inoccupée pour moi et comme je suis un marcheur, ce ne sera que dix euros par nuit, sachant que je ne pouvais rester qu'une nuit car des voyageurs devaient arriver le lendemain matin. Elle me propose de faire la visite du camping et des commodités. (Sa manière de dire le mot « commodité », en me regardant sournoisement au-dessus de son épaule, marchant devant moi, m'a transpercé le cœur, je ne voulais plus partir de cet endroit). Je ne dis pas un mot et l'écoutais attentivement. Je buvais ses paroles, car contraint à la solitude depuis trois jours, j'absorbais chaque seconde passée auprès d'elle. Elle me laissa m'installer et me dit de la contacter si j'avais besoin de quoi que ce soit. Je pris ma douche, me regarda longuement dans le miroir, me passa encore une énième fois la main dans les cheveux. Après m'être habillé, je sortis sur le parvis de la caravane avec un livre, mes cigarettes, la marque de mes chaussettes sur les mollets à cause du soleil, et j'attendais patiemment que la jeune fille passe non loin de moi pour l'interpeller. Au bout d'une heure de ça, personne venant, je décidais de retourner à l'accueil. Elle était là, avec sa sœur, et un chien. Je me suis lancé et lui ai proposé de sortir le soir, et dans la panique, je dis « avec ta sœur aussi hein, ce n'est pas un 'date' ». On échangea nos numéros de téléphone et nous donnions rendez-vous au grand chêne central à dix-neuf heures. A peine le dos tourné, je me haïssais déjà d'avoir proposé à sa grosse de sœur.

Elle s'appelle Béatrice. Béatrice était en retard au rendez-vous, je me suis dit qu'elle ne viendrait jamais. Mais elle finit par apparaître (avec sa sœur), sans s'excuser et en justifiant le retard par : le quart d'heure de politesse. Elle me convia à la suivre au bar du camping dans lequel elle commanda une bouteille de vin rouge pour nous trois. Nous nous sommes installés à une table et elle débuta la soirée en me racontant les détails secrets de la vie des propriétaires des lieux. S'en suivit beaucoup de rires, une deuxième et une troisième bouteille sans que je puisse avoir l'autorisation de sortir ma carte bancaire, des discussions alcoolisées sur la religion, la passion amoureuse, la littérature. Nous fîmes la fermeture du bar et ne voulant pas dormir nous avons proposé au serveur pédé de se joindre à nous dans le bungalow estival des deux sœurs. Nous y avons bu du whisky et y avons fumé des cigarillos à la vanille. Nous sommes allés illégalement préparer des barquettes de frites dans la cuisine du bar. Nous sommes allés également récupérer mes affaires dans mon logement que je ne paierai finalement pas. Il était quatre heures du matin, et nous écoutions de la musique dans le salon, nous nous échangions des livres, et n'avions de cesse d'insinuer une possible relation entre elle et moi, cela mit la plus jeune fille mal à l'aise, au point qu'elle décida d'aller se coucher, suivi de près par le serveur. Nous voilà désormais seuls et une question nous est venue. Je dormirai sur le canapé non convertible ou avec elle dans son lit ? C'est ainsi qu'une quinzaine de minutes plus tard, je serai à moitié nu, corps entremêlés, pris de bouffés d'excitation intenses dans le lit de Béatrice. Mais rien ne se passera car à la dernière minute éveillée, j'apprenais l'existence d'un compagnon de vie.

Un ami

C'est par son sourire qu'il me semble évident de commencer. C'est le genre de souvenir que l'on a envie de côtoyer à chaque journée qui commence. Le genre de sourire qui annonce quelque chose d'heureux, qui vous raccroche à une vitalité qui n'est pas controversable. Ses petites lèvres qui se redressent pour laisser apparaître dans un premier temps le petit espace entre ses deux incisives centrales, qui par la suite, en grandissant, laisse découler un sentiment inimitable de pureté.

Et ses yeux qui pétillent, que j'ai tant rêvé qu'ils n'existent que pour me regarder. Cette puissante profondeur qui me transperçait le cœur. J'avais pour habitude de le regarder dormir, et le moment que je préférais était celui où il allait ouvrir ses grands yeux pour la première fois de la journée et que je pouvais y lire qu'il n'aurait aimé pour rien au monde que ce soit un autre visage devant lui.

Et c'est aussi par son sourire qu'il me semble évident de terminer. Ce sourire qui ne signifiera plus jamais la même chose.

Novembre

Je ne sais pas exactement comment expliquer quelle joie me procurait ce déversement autodestructeur, ce besoin d'en prendre toujours un de plus. Un petit truc, rond, encore plus ridicule qu'une balle pour tuer, qui s'invite un jour chez vous et ne refait jamais ses bagages. Je n'en veux pas à Amandine de m'avoir utilisé autant que je l'ai fait. Je ne lui en veux pas d'avoir feint son amour puisque j'avais feint le mien, je ne pouvais pas reprocher à la fille que je m'étais forcé à aimer, de baiser avec des garçons, qui avaient vraiment envie d'elle, pour obtenir ce qu'elle m'avait promis de me donner. Tout n'a été que promesses avec elle, il n'y avait pas d'animosité, ni de jugement puisqu'on se tirait mutuellement toujours un peu plus vers le bas. Quand je dis « vers le bas », je parle à la place de ceux qui ne participaient pas à notre aventure, moi, je crois n'avoir jamais été autant en extase et en contemplation de l'intégralité de ce qui fait que j'existe, ou plus simplement encore, jamais plus autant en dehors de moi. Comme si j'avais trouvé une porte de sortie temporaire.

J'avais comme une deuxième vie que je ne contrôlais pas. Je procédais à une redécouverte absurde du monde, de mes sentiments, je mentais à mon corps et à mon esprit sur le chemin à emprunter pour avoir accès à l'agréable, aux plaisirs simples.

Je me fantasmais des anges, proche de moi, qui d'un sourire m'apaisaient. C'était des femmes à la peau brune, aux yeux étincelants qui étaient faites pour me conter l'histoire d'un monde où il faisait bon vivre, et où le plaisir avait remplacé l'animosité constante. Elles me soufflaient des mots au visage, avec la douceur des lionnes, à la fois sauvage, attendrissante, et protectrice. Je retrouvais en elles, le souvenir de la sensation agréable du sucre que je déposais sur ma langue en mangeant un bonbon quand j'étais enfant, la finesse et l'élégance d'un plaisir qui ne meurt jamais. C'était un voyage agréable, qui ne devait pas avoir de retour. Et pourtant, il est impossible de monter sans jamais redescendre. Il m'en fallait toujours plus, toujours un de plus. C'est promis, après, j'arrête. Et je n'arrêtais pas, toujours à chercher une excuse, un point d'intérêt ou encore une forme de troc vicieux.

Oui j'avais dit que c'était la dernière, mais s'il te plait encore une. Amandine s'il te plait, encore une et je te lèche. Encore une ou je me tue. Encore une ou je dis à ta mère que tu ne vaux pas mieux qu'une salope.

Je savais comment l'attraper, elle était faible, aussi faible que moi finalement, incapable de me tenir tête, comme j'étais incapable de lui tenir tête. Elle n'était pas plus intéressante qu'une petite flaque de pisse qu'on laisse sur le rebord de la cuvette quand on est un peu bourré. Je la trouvais grasse, ridicule, violente et masculine. J'étais dégouté par sa compagnie, par l'odeur de son vagin, par la forme de ses lèvres. Je me forçais à rire à ses blagues de connasse bercée trop près du mur. Je lui interdisais de me prendre la main en public, et je hurlais dès qu'elle sous entendait qu'elle ressentait une once d'affection pour moi. J'aurais voulu la voir morte et que ses dealers baisent son cadavre devant moi plutôt que de devoir la toucher une fois de plus.

Surtout que par sa faute Jérémy est mort, elle lui en a trop donné. Jeremy est mort à cause d'elle. Elle en faisait trop avec lui, elle voulait toujours le voir plus sombre, plus défoncé, encore plus triste et fatigué. Elle le forçait, je sais qu'il n'aimait plus ça, mais elle le forçait. Chaque occasion était bonne pour elle de lui en filer. Tiens Jérémy, c'est ton anniversaire, triple dose. Tiens, Jérémy, tu as eu 12 en maths, tiens Jérémy, j'adore ta veste. Il était trop bête pour refuser, Jérémy, trop bête pour prendre sa vie en main, il aurait pu devenir quelqu'un d'incroyable, mais au lieu de ça, il est mort comme un connard, seul dans son HP, à envoyer des colis et des lettres d'appel à l'aide à tout le monde tout en sachant très bien que plus personne n'avait le droit d'essayer de l'aider.

En réalité, il est mort aussi, et surtout à cause de moi. Je suis tellement désolé. Je n'étais pas prêt à l'aimer. Il voulait que tout aille trop vite. Je n'étais pas prêt à lui donner ce qu'il voulait, il n'a pas été assez patient, il voulait tout, tout de suite, je n'avais pas le choix, je le déteste d'avoir essayé de m'obliger à l'aimer. Il voulait trop de choses de moi, j'étais trop jeune, trop naïf, pas prêt.

Je n'étais pas prêt à t'aimer Jérémy, mais si tu m'avais attendu, j'aurais été là. Si tu n'avais pas planté ces ciseaux dans ton bras la première fois, si tu n'avais pas passé ce drap autour de ton cou la dernière fois. Si tu m'avais laissé le temps Jérémy. Je t'aurai lu mes livres préférés, je t'aurais chuchoté les phrases que je préfère dans Le Rouge et le Noir, j'aurais imité Julien Sorel et tu aurais ri puis tu m'aurais dit que tu rêverais d'être Madame de Rénal, la mienne. Tu aurais pu m'emmener faire une balade à dos de poney en Camargue, on aurait pu jouer aux aviateurs dans mon jardin, toi qui rêvais de voler avec moi, toi qui rêvais de monter dans le ciel avec moi. Tu es parti tout seul et je ne te le pardonnerai jamais.

Je n'oublierai jamais la lettre de ta mère non plus :

Il est mort.

Cette fois, il a réussi. Toi aussi tu as réussi quelque part. ça a toujours été un jeu entre lui, toi et la mort.

Je ne t'en veux pas.

De toute façon, il n'aurait jamais supporté une seconde de plus dans ce monde sans pouvoir t'aimer.

Il est mieux là-bas.

Je t'embrasse.

La maman de Jérémy.

Je ne te le pardonnerai jamais Jérémy, même si je sais que la raison pour laquelle tu m'as laissé, c'est parce que toi non plus tu ne me le pardonneras jamais. Ce qui me rend fou, c'est que je suis persuadé que tu n'es pas plus heureux maintenant, je suis sûr que tu te défonces toujours autant la gueule, que tu pleures tous les soirs, je suis même sûr que s'il y a un lieu, un entre-deux avant la mort, tu y es, et tu ne veux pas en partir, tu as trop peur de ne plus exister, tu as trop peur de ne plus sentir qu'il y a peut-être encore une chance pour que je t'aime. Qui sait, dans un autre monde, peut-être qu'on se retrouvera, mais je te préviens, si je te vois, je te casse la gueule avant de te prendre dans mes bras, et là pour le coup tu n'auras pas le droit de m'en vouloir.

De toute façon t'es déjà mort et puis, ce n'est pas moi qui vais beaucoup plus t'amocher.

En tout cas, tu me manques Jérémy, enfin, l'idée de toi me manque. Je travaille au lycée maintenant, j'aurais aimé savoir ce que tu en penses, j'aurais aimé que tu viennes te foutre de ma gueule parce que je me tape des apéros avec nos anciens profs. De temps en temps, je vais faire un tour à la boulangerie, tu sais, notre boulangerie, souvent c'est trop dur, j'arrive devant et je fais demi-tour, mais quelquefois je rentre et je dis « une sucette bleue pour moi et une sucette rouge pour lui. », la vendeuse, elle me regarde bizarrement, parce que je suis tout seul, mais je ne peux pas m'empêcher, c'est comme ça, je ne peux pas rentrer là-bas sans faire semblant que tu sois avec moi. Tu t'en souviens j'espère, que je ne passe pas pour un con à faire tout ça alors que tu t'en fous. J'ai beau me répéter que je n'y suis pour rien, tu m'as pourri la vie Jérémy, j'ai peur de tout, j'ai peur de moi, j'ai peur que les gens aient peur de moi. Je sais que je ne serais jamais la victime puisque ce n'est pas moi qui suis mort, mais sache que tu as laissé un beau bordel.

A bientôt Jérémy.

Petit poète

J'ai l'affreuse conviction qu'une des raisons qui a fait que tout est parti en fumée, c'est la difficulté à regarder l'autre échoué sans cesse alors que toi tu réussis. C'est cette envie d'être avec quelqu'un qui a aussi des choses à raconter, qui vit également des choses aussi intenses que toi, non pas avec quelqu'un qui ne fait que de parler de ses espoirs, qui ne fait que de vivre sa vie en se confrontant à des murs, et pas non plus avec quelqu'un qui ne fait que s'acharner, tout ça en s'obligeant à l'encourager pour ne pas passer pour un monstre alors que la seule chose que tu éprouves c'est de la pitié et qu'aujourd'hui tu n'arrives plus à dire autre chose que, 'la prochaine c'est la bonne'. Qui supporterait de vivre avec quelqu'un qui s'est tellement convaincu qu'il devrait réussir un jour, qu'il a fait de son art, le Théâtre, une question de vie ou de mort ?

Le Théâtre, pour moi, est une raison de vie ou de mort. C'est un grand concept que j'ai longtemps considéré comme étant seulement quelque chose qui me faisait vibrer, à défaut d'assumer que c'était l'unique chose qui me tenait en vie, qu'il y avait un aspect vital à faire du Théâtre. Souvent, on a envie de croire que c'est un art que l'on fait pour les autres, qu'il y a une forme d'altruisme à faire du Théâtre, puisque c'est insensé de créer un objet théâtral, si ce n'est pas pour le partager, s'il n'a pas pour motivation d'être transmis, d'être apprécié ou haïs. Je crois que tout ça, ce n'est que ce qu'on a envie de faire croire, c'est d'abord pour soi que l'on fait du Théâtre, il n'y a rien d'empathique, la motivation est nécessairement et égoïstement salvatrice ; moi, j'ai besoin d'être sauvé par le Théâtre car j'ai fini par abandonner l'idée qu'il était possible que je sois sauvé par quelqu'un.

J'admire Fabrice Lucchini quand il dit :

Si je vivais en couple, j'attendrais tellement d'être sauvé par l'autre, car si je suis en couple il faut qu'il me sauve, faut qu'il fasse que la vie soit supportable, faut que je ne sois plus déprimé, faut je ne sois plus un individu, il faut qu'il m'enlève de moi, je voudrais qu'il me sorte de moi. Et ça ce n'est pas possible, personne ne peut te sortir de toi.

Depuis que je suis seul dans ma tête, il m'arrive de m'assoir sur un banc ou dans un parc. La dernière fois c'était hier, au beau milieu de la Place des Vosges, tout près de la fontaine centrale, j'avais face à moi une grande benne à ordures qui était là en remplacement des poubelles parisiennes au design plus qu'étrange. Les poubelles n'avaient pas de sac en plastique, j'ai supposé que c'était certainement la cause de la présence d'une benne. J'ai fermé les yeux et je me suis concentré sur mes autres sens. J'essayais de dépasser les limites de mes autres sens, que je connais et que j'ai l'habitude d'utiliser par confort, je voulais aller au-delà du confort, et essayais de me focaliser sur la voix d'un vieil homme que j'entendais au loin, je voulais pouvoir participer à sa conversation sans être présent physiquement et sans avoir de soutien visuel. Je pouvais tout imaginer et en même temps, je voulais correspondre à une réalité plus que parfaite rien qu'au son de sa voix et aux mots que j'arrivais à attraper. Et c'est en ouvrant les yeux que je me suis dit que j'avais compris pourquoi je ne pouvais être sauvé par quelqu'un d'autre, pourquoi personne ne m'aimera jamais suffisamment pour que je sois complètement épanoui, voir heureux. Je n'ai pas eu envie de mettre de mot dessus et je n'en mettrais pas, mais j'ai compris, et c'était un sentiment qui m'a donné une force que je ne me connaissais pas, je commençais à essayer de me sauver moi-même.

Une immensité

Je n'ai pas grandi dans une famille où l'on voyage. Je n'ai pas été habitué au besoin de découverte, de dépaysement, et pourtant, aujourd'hui, je suis obsédé par l'envie de partir. Je pense que contrairement à la plupart de ceux qui voyagent, ce n'est pas du tout pour explorer ni même découvrir de nouveaux lieux, de nouvelles cultures que je veux partir, c'est uniquement pour fuir. D'ailleurs, je pense que je prendrais plus de plaisir à prendre mon sac à dos et marcher dans les montagnes de France, que de prévoir un voyage à l'étranger où il a des choses à visiter, je ne suis clairement pas un adepte du voyage touristique.

J'adore la montagne, j'adore marcher dans la montagne, me sentir infiniment petit face à l'immensité qu'elles représentent. J'aime le silence que l'on s'oblige à respecter, cette douce sensation d'être connecté à quelque chose de fort et pur. J'aime envisager tout ce que représente mes pas, m'imaginer la grandeur de l'espace qui est relié à mon corps par-dessous mes pieds. J'aime ne plus avoir peur. Je voudrais mourir dans la montagne, aspiré par sa puissance.

Alors que j'étais dans les Hautes Tatras qui sépare la Slovaquie de la Pologne, avec mon ami Léo, nous avions décidé de monter au sommet, puis de redescendre du côté Polonais, en envisageant un retour le lendemain. Une fois arrivé dans les nuages, nous avions froid, il y avait beaucoup de gens, beaucoup de vent, beaucoup d'humidité, il allait pleuvoir. J'ai commencé à penser au danger qui se présentait à nous et aux risques que l'on prenait, mais je n'avais pas peur, j'avais envie d'épouser la montagne, même si cela s'annonçait comme un mariage périlleux. Lorsque que nous entamions la descente, une randonneuse fit tomber sa bouteille en plastique depuis le passage le plus abrupte du parcours. Dans un silence de mort, nous étions une dizaine de voyageurs à écouter le son que faisait cette bouteille chaque fois qu'elle percutait la roche. Nous écoutions encore et encore, cela a duré une longue minute tandis que la bouteille ne s'arrêtait jamais de sombrer dans le vide.

Le temps d'un instant, je rêvais d'être une bouteille, je rêvais, moi aussi, de pouvoir heurter les parois mouillées et froides de la falaise, de faire une chute longue et agréablement silencieuse, que le monde soit en suspension, le temps de ma mort, le temps que plus aucun bruit ne se fasse, le temps que Léo et les autres réalisent, prennent conscience de l'évènement qui s'était produit devant leurs yeux. Je voulais, moi aussi, tomber, être apaisé, être enfin sauvé, sauvé par la montagne, qu'elle m'accorde sa grâce.

Léo m'a déjà sauvé. Je ne pouvais pas lui faire ça une deuxième fois. Je ne pouvais pas lui faire revivre l'horreur du moment où tu comprends qu'il ne s'agit plus d'une blague, le moment où tu dois venir en aide à quelqu'un qui veut tout, sauf de l'aide, qui croit que c'est déjà trop tard, que ce sera mieux sans lui. Quand j'avais mon corps nu, caressé par le vent, sur le rebord de cette fenêtre, quand je regardais devant, le plus loin possible, le plus loin pour que ma vue se floute, pour que je n'assiste pas à ma propre mort, pour me déculpabiliser, je voulais encore sentir le vent, sentir, encore quelques minutes, l'air qui entrait dans mes poumons, les frissons qui parcouraient mon corps à cause du froid, le bruit des voitures au loin, les quelques lumières qui scintillaient encore à cette heure tardive. Je voulais ne plus penser à rien, faire le vide avant d'être dans le vide, j'essayais de lâcher mes dernières attaches au monde, mes derniers espoirs pour enfin passer de l'autre côté de la barrière, pour enfin tomber, je voulais être sûr que je ne pourrais jamais être un oiseau. Être sûr que personne ne pourrait vivre à ma place. Des larmes coulaient de mes yeux, je suis presque sûr que c'était des larmes de joie, je n'ai pas le droit de le dire, mais c'était de la joie que j'ai ressentie avant de tomber, avant de passer à l'acte, c'est drôle. J'étais bien, je courrais vers un avenir noir mais paisible.

Léo est arrivé derrière moi, avec toute la douceur du monde, il a posé sa main sur mon épaule, et sa tête au creux de mon cou, il m'a demandé innocemment ce qu'il se passait alors qu'il savait très bien, il a fait semblant de ne pas comprendre, alors je lui ai dit que je voulais sauter, que je voulais mourir, que je voulais que tout s'arrête.

Comment veux-tu que tout s'arrête alors qu'on n'a rien commencé ? Tu veux sauter ? Vas-y, saute, mais ce sera la chose la plus stupide que tu auras faite de ta vie et tout le monde gardera cette image de toi. L'image de celui qui a sauté. L'image de celui qui a été lâche, qui a baissé les bras. Les gens t'aiment. Je t'aime. Fais ce que tu veux mais ne joue pas au con. Allez. Viens te recoucher.

Il est retourné dormir sans un mot de plus, sans se retourner, sans avoir peur que je n'existe plus.

Je suis descendu du bord de ma fenêtre et me suis allongé à côté de lui, j'ai dit que je le détestais et j'ai continué ma vie.

Je te hais pour dire je t'aime.

Il y a une femme pour qui j'étais prêt à mourir et même plus encore, je voudrais n'avoir jamais existé pour qu'elle puisse avoir la vie dont elle rêve tant et qu'elle s'obstine à vouloir trouver, trop tard, sous couvert qu'il n'est jamais trop tard. Je suis heureux d'avoir la chance de l'avoir rencontré. Je parle de ma mère.

J'ai le souvenir de l'avoir haï le jour où elle m'a annoncé le décès de son père quelques jours après son enterrement. Je lui en voulais de ne pas m'avoir laissé le droit de lui dire aurevoir. Je lui en voulais de ne pas m'avoir laissé le voir apaisé après toutes ces années de maladie. Le voir allongé, beau, les yeux fermés, en direction d'un monde plus calme, plus luisant. Je lui en voulais parce que mon grand-père, c'était mon roi.

Je me souviens l'avoir haï à chaque fois qu'elle me frappait derrière la tête de toute la longueur de sa paume pour me punir de mon insolence. Je voulais lui hurler que ce n'était pas à elle que je parlais mal mais au monde entier et je lui en voulais de ne pas réaliser que si c'était à elle que je le faisais c'était parce que personne d'autre ne pouvait le comprendre.

Je me souviens l'avoir haï de se trouver grosse et laide jusqu'à s'en rendre malade. Elle est la plus belle femme sur cette planète et il fallait lui dire, elle a besoin de l'entendre et je n'ai eu de cesse de le lui répéter. Je lui en voulais d'en vouloir toujours plus, de développer une névrose autour de son physique alors que son âme était et est toujours le plus beau des diamants à mes yeux et je lui en voulais de ne pas accepter que ce soit suffisant de me plaire à moi. Je lui en voulais de ne pas me laisser lui dire je t'aime avec les yeux, elle veut toujours des mots, il lui faut toujours être sûre.

Je me souviens l'avoir haï quand elle essayait de me convaincre que le théâtre n'était pas un métier stable, quand elle me forçait à avoir un « plan B ». Je ne voulais pas avoir de « plan B ». Mon deuxième plan après le théâtre c'était la mort. Elle ne là jamais compris et elle ne le comprendra jamais.

Je me souviens l'avoir haï quand j'ai appris qu'elle avait appelé sa sœur en larmes le jour où elle a fouillé dans mes messages et qu'elle a découvert que je flirtais avec un garçon. Je lui en voulais d'être déçue. Je comprends que les parents des autres puissent être déçus avant de comprendre et d'accepter mais pas ma mère. Elle n'avait pas le droit d'être déçue. Je lui en voulais de pleurer pour ça, de pleurer parce que j'étais heureux. Je lui en voulais de m'avoir indirectement forcé à détester ce garçon, je ne lui ai plus jamais reparlé et me suis fait la promesse de détester tous les hommes. De les détester pour ne pas faire pleurer ma mère.

Je me souviens l'avoir haï de toujours vouloir que je l'embrasse avant de partir au cas où nous ne nous reverrions pas, elle voulait être sûr d'avoir posé ses lèvres sur ma joue si j'étais amener à disparaître dans l'heure. Je lui en voulais parce qu'aujourd'hui j'ai peur, j'ai peur de m'attacher et d'être anéanti si les gens partent. J'ai peur de finir seul en rêvant l'inverse, j'ai peur de croire en quelque chose de beau. Je lui en voulais parce que c'est infiniment petit ce qu'il se passe et ça veut dire beaucoup trop de choses.

Je me souviens l'avoir haï le jour où pendant ma deuxième heure de français au collège, ma voisine de table m'avait fait passer un petit mot comme le font tous les adolescents quand ils s'ennuient en cours, je m'attendais à une énième énigme ou autre demande de sortir avec elle avec des cases à cocher, mais ce jour-là, quand j'ai ouvert ce morceau ridicule de papier, il y était écrit qu'un camion de pompier était garé devant ma maison. J'ai su immédiatement à cet instant que cela concernait ma mère, elle était seul à être là-bas, elle était en journée de repos. Je lui en voulais de ne pas m'avoir appelé, je lui en voulais d'avoir laissé cette fille insignifiante me prévenir par le biais de sa mère qui avait vu le camion. Je lui en voulais de vouloir encore une fois me préserver, de vouloir me protéger alors que j'avais appris depuis bien longtemps à me débrouiller seul, et que je m'étais ce monde auquel je suis le seul à avoir accès pour ne pas avoir mal, ni peur.

Je me souviens l'avoir haï le jour où elle a fumé une de mes cigarettes devant le reste de ma famille par pure provocation. Je lui en voulais parce qu'elle m'avait inclus dans sa revanche à prendre avec le monde, dans son besoin de retrouver la vie qu'elle n'avait jamais connue. Je lui en voulais parce que le reste de ma famille ne voyais plus ma mère comme un ange mais comme une femme qui perd pied et qui a besoin d'être sauvée. J'étais fou d'imaginer qu'elle perdait de sa force aux yeux des autres, je voulais qu'elle reste la plus forte, la plus belle, celle dont on parle avec joie et envie.

Aujourd'hui, je ne lui en veux plus de rien, aujourd'hui, j'ai fait mon deuil de cet acharnement à vouloir faire d'elle, une entité, un modèle pour l'intégralité de la planète. Aujourd'hui je me contrains de seulement l'aimer.

Dans la nuit

A ma droite, il y a un mur blanc, à ma gauche il y le même mur blanc. Je suis entre deux murs blancs, d'un blanc très lumineux, qui m'ébloui quasiment. Face à moi, je n'arrive pas à distinguer clairement s'il s'agit d'une issue ou simplement d'un flou créé à cause de l'immensité du couloir que forment les deux murs blancs. Je suis moi-même vêtu de blanc, une marinière blanche à rayure très légèrement moins blanche. Elle est trop grande pour moi, les manches dépassent d'un ou deux centimètres du bout de mes doigts. Elle arrive aux trois quarts de ma cuisse, du côté le plus proche de mon genou. J'ai un pantalon très large du même blanc que les rayures de la marinière. J'ai des chaussettes blanches de sport, et des tennis blanches sans lacet. Mon visage est très pâle lui aussi, mes cheveux sont toujours blonds mais d'un blond très blanc, comme mes yeux, ils ne sont plus bleus, le cristallin est noir et ma pupille blanche. J'ai mal aux poumons, j'ai mal au cœur, je sens que mon sang, lui aussi, est blanc. Je me mets à courir de toutes mes forces, de plus en plus vite, je cours, je veux sortir de cet endroit, je veux sortir et je me retourne sans cesse pour vérifier si on me suit toujours, je crache de la salive blanche sur le sol à cause de l'épuisement physiquement, je transpire, j'ai chaud, j'ai mal partout, aux jambes, encore plus aux poumons, mes mains trembles, mon corps tremble mais je ne peux pas et ne dois pas m'arrêter de courir, je cours toujours plus vite, je ne pense qu'à courir. Je dois sortir, le couloir ne finit jamais, la tache floue au lointain ne change pas, j'ai l'impression de ne pas avancer, je cours encore plus vite, mes pieds me brulent, mon sang chauffe à l'intérieur de moi, je sens les muscles de mes bras faiblir et crier. Je dois continuer, je cours encore plus vite, j'essaye de me convaincre que je vais bien, que c'est bientôt la fin, que le bout du couloir n'est plus très loin, je me bats avec la partie de moi qui me répète que je cours en vain, que je ne vais nulle part, que je cours uniquement parce que j'ai l'impression de devoir le faire, que je suis ridicule.

Soudain la tâche au loin est moins floue qu'avant, j'ai l'impression qu'elle se rapproche, je deviens fou de joie, je cours encore plus vite pour accélérer ma sortie de ce couloir interminable, je commence à apercevoir une pièce, un lieu différent, un autre lieu, quelque chose de nouveau, toujours aussi blanc, mais cela ressemble à une délivrance dans mon esprit, la fin du couloir, c'est forcément la liberté, la fin de la peur, de mon corps qui lâche, je cours toujours. Je distingue maintenant très bien que je m'apprête à entrer dans une pièce, une grande pièce carrée, les murs sont blancs, je distingue vaguement dans le coin gauche, au fond, une sorte de matelas blanc avec une silhouette allongée dessus, j'y arrive maintenant. Je vois très bien, la silhouette, c'est une femme, ma course se ralentie, il ne me reste que quelques mètres, je les parcours en décélérant toujours jusqu'à cela devienne une marche apaisée. Je ne suis pas essoufflé, je suis heureux. Je la reconnais, celle qui est allongée, je la reconnais et je sais que je l'aime, il est difficile pour moi de mettre un nom, de me rappeler avec certitude de son histoire, de sa vie, mais je sais que je l'aime, que je la trouve belle à en mourir, je pense qu'elle dort, je m'approche de plus en plus, lentement, tendrement, je veux poser mes lèvres sur les siennes, je sais que je l'aime, et je suis maintenant persuadé qu'elle m'aime aussi, je m'approche toujours et suis maintenant plus qu'à quelques centimètres de sa bouche, je veux la toucher, la prendre dans mes bras, je veux lui montrer à quel point je l'aime.

Un bruit m'interpelle, je me retourne. Une silhouette masculine, est arrivée dans la pièce, je ne peux pas voir son visage, c'est comme s'il n'en avait pas, il est très sombre, j'essaye de comprendre, de voir si c'est moi qui ne voit pas bien, ou si c'est lui qui ne représente personne en particulier mais plutôt simplement un homme sans visage qui se tient droit, dans une chemise d'un noir profond, un pantalon tout aussi noir, des chaussettes tout aussi noires, et des chaussures sans lacet tout aussi noires. Ses cheveux sont très ombres également, je le reconnais petit à petit, lui aussi, je le reconnais et je ne me sens plus très bien. J'inspecte tout son corps, je cherche le danger, je cherche à comprendre ce qui me fait peur en lui, je cherche à comprendre pourquoi il est arrivé, pourquoi il m'a empêché d'embrasser celle que j'aime tant. Je me rends compte trop tard qu'il a un pistolet dans sa main gauche, il tire.

Je me réveille.

Je me réveille avec une douleur abominable à l'endroit exact de l'impact de la balle dans mon rêve, je suis en sueur, j'ai encore peur pendant quelques secondes.

C'est arrivé deux cent soixante-treize fois. Durant deux ans.

Deux cent soixante-treize nuits semblables entremêlées de nuit sans histoire. Chaque matin avant de partir à l'école, je faisais un malaise. J'avais appris à le contrôler. Je tombais, et me relevais, prenais mon sac et partais.

Chaque rêve comme celui-ci entrainait un matin avec un malaise.

Deux cent soixante-treize malaises. Deux cent soixante-treize cauchemars.

Il y a toujours une fin

Qu'est-ce qu'il se passe quand on ne s'aime plus après vingt-cinq ans de vie commune ? Vingt-cinq, c'est cinq fois cinq ans. Il y a toute une histoire qui s'est écrite pendant tout ce temps. Est-ce qu'on aurait donc nécessairement besoin d'écrire plusieurs histoires dans sa vie ? C'est cette volonté de vivre une deuxième fois ? Voir même une troisième ? Elle pensait avoir trouvé la personne qui la comblerait jusqu'à la fin. Cette fin qui lui fait peur. C'est parce qu'elle a peur alors ? Peur de ne pas avoir vécu assez de choses ? C'est étrange parce que même si c'est toujours avec la même personne, il se passe des milliers de choses, non ? Changer de cap avec cette excuse pour finalement rencontrer quelqu'un d'autre et vivre la même chose ? Recréer les mêmes angoisses, les mêmes habitudes, les mêmes plaisirs ? Il fallait alors juste que ce soit quelqu'un d'autre ? C'est dans la tête alors ? C'est parce que c'est plus facile de recréer du désir à travers la nouveauté ? Pour soi-disant écouter son cœur ? Quand tu étais avec lui, ton cœur, il ne te disait plus rien ? et aujourd'hui ? Ton cœur il ne dit plus rien non plus ? Après toutes ces promesses ? Après tout ce qui s'est passé, de beau comme de moins beau, tout ce qui fait que vous vous aimiez, tout ça n'existe plus ? Tout ça s'est envolé ? Disparu quelque part où il fait trop sombre pour que tu t'y aventures ? Tu ne l'aimais pas assez pour te battre, pour garder le beau ? Il te fallait partir ? Fuir ? Lâchement, égoïstement, comme un fils de pute ?

Ou alors tu as menti. Et là c'est quasiment impardonnable.

Combat

A l'âge de huit ans, lorsque ma petite sœur en avait seulement quatre, un jour, nous étions au fin fond du grand jardin de chez mes grands-parents, nous jouions à la balançoire. Elle, étant trop jeune, elle ne comprenait pas le mécanisme simple du balancement des jambes créant l'énergie cinétique nécessaire à l'amusement, je me devais alors de me coller à la tâche de la pousser, malgré le fait que je fus énervé rien qu'à imaginer l'importance de l'idiotie de cette gamine. C'est alors que j'ai ressenti quelque chose d'effroyable, quelque chose qui m'a fait peur et que j'ai gardé en grandissant. J'avais l'envie de la faire tomber en poussant trop fort, où à défaut au moins de lui faire peur. Je me souviens de ses hurlements de détresse qui résonnaient dans le jardin. Mes grands-parents, alertés, étaient venus en vitesse au secours de celle qui restera la prunelle de leurs yeux. Evidemment, elle fait des choix sains elle. Elle paraît normale, rangée, à l'écoute et toujours arrangeante, elle ne dit jamais le mot de trop et n'ose jamais un soupir déplacé.

Il n'a jamais été question de désamour, mais de ma phobie du trop-plein d'amour.

Je trouvais injuste le fait de m'imposer ceux que je devais aimer, et encore aujourd'hui, je trouve ça insensé de devoir aimer quelqu'un. Je trouve que c'est une jeune fille très sympathique, je m'entends très bien avec elle, elle doit avoir une jolie vie mais il est nécessairement vrai qu'il existe beaucoup de gens que j'aime plus qu'elle. Et je ne devrais pas passer pour un monstre de parler comme ça de ma sœur puisque c'est simplement ce que je ressens. Elle devrait se réjouir que je ne la prenne pas pour une conne, ou pire, qu'elle m'insupporte.

Un jour, que j'étais adolescent, elle m'avait demandé de l'aide pour faire ses devoirs d'école. J'acceptais et lui donnais des conseils qu'elle réfuta. Alors je suis parti, la laissant face à ses problèmes d'enfant hystérique et obstinée. Une dizaine de minutes plus tard, je l'ai entendu hurler de douleur, je ne me suis pas déplacé car je pensais encore à une crise puérile. Lorsque ma mère est allée là consoler, elle découvrit avec horreur qu'elle s'était ouvert le crâne sur le rebord de son bureau. A la question, comment cela est-il arrivé :

C'est mon frère, je lui ai demandé de m'aider pour les devoirs et comme il ne voulait pas et que j'ai beaucoup insisté, il m'a poussé violemment et est parti en courant.

Par ce mensonge, elle venait de déclarer la guerre de celui qui ferait le plus souffrir l'autre et je peux sincèrement dire qu'à cette heure j'ai gagné depuis bien longtemps, et qu'elle, elle a baissé les bras. Elle rêve que le jeu s'arrête. Mais tant que j'existerais, elle n'aura pas le pouvoir de décider du jour où je brandirais le coup fatal.

Besoin d'amour

Je repense parfois aux matins d'hivers enneigés où, main dans la main, le cœur balançant, je partageais ma route quotidienne en direction de l'école avec Eléa. On soufflait de toutes nos forces sur les couches épaisses de neige fraichement tombée. Nous prenions quasiment une heure pour parcourir un petit kilomètre, à faire semblant de tomber sur les trottoirs gelés. A rire, s'enivrer d'une jeunesse qui au fond nous faisait peur mais qu'on rendait agréable par notre complicité et notre amour. C'est d'un amour salvateur dont je parle puisqu'il n'a jamais été lubrique, ni même fabriqué ou nécessaire. Elle m'offrait cette paix que je m'interdisais d'avoir. Passe encore les mensonges des adultes sur le père noël, la petite souris qui vient récupérer les dents sous l'oreiller, mais je n'ai jamais pardonné à mes parents de m'avoir fait croire que je n'allais pas mourir. Quand je me dis que j'aurais préféré ne pas exister, c'est à elle que je pense, à ses yeux qui brillent. Sa façon si particulière de détester le monde, de se détester elle-même, me donne une raison de plus pour rester près d'elle.

On veut simplement vomir la vie à deux, on veut expliquer qu'on a compris quelque chose en plus, qu'on a de l'avance sur le temps. On veut leur faire comprendre que c'est du faux tout ça, qu'on nous fait croire qu'il faut à tout prix vivre cent fois, tomber amoureux cent fois, on veut nous faire croire qu'il faut être bien avec soi avant d'être bien avec les autres. Mais ce n'est pas vrai, il suffit juste de s'accepter, d'accepter que nous ne serons jamais bien. Je maudis les écrivains et autres spécialistes du bien-être et de la confiance en soi, qui ne cherche en vérité qu'une gouroufication malsaine et annonciatrice de frustration puérile. Nous sommes complets mais nous cherchons sans cesse des raisons d'avoir raison. C'est complètement paradoxal de trouver sa confiance à travers les conseils d'un autre qui expose des grandes vérités que tu savais déjà. Si tu avais vraiment confiance en toi tu n'aurais pas eu besoin d'un autre pour te rendre compte que tu le savais déjà.

Elle a la peau fine et elle est si délicate, je voudrais être une plume pour essayer au moins une fois d'être aussi léger qu'elle. Je me souviens des nombreuses heures que je passais seul à essayer d'imaginer ce à quoi elle pensait, des heures à me demander si elle aimerait que je lui apporte un bouquet de tulipes, à m'imaginer l'aimer encore aussi fort cinquante années plus tard avec le peu d'espoir mis de côté qui arrive encore à me faire croire je ne vais pas partir demain. Ce sublime espoir si précieux qui tient dans une poche trouée. Toujours prêt à tomber, à s'échapper, toujours prêt à prendre son envol pour gonfler l'espoir de quelqu'un d'autre, qui lui a réussi à recoudre sa poche, lui pour qui tout est plus facile, lui pour qui je n'ai plus envie de croire que l'amour est beau.

Elle m'appelle « mon chat », et j'adore les milles façons qu'elle a de dire « mon chat », elle fait vivre cette appellation banale comme si elle lui inventait un monde, comme si elle avait créé un langage différent, une forme d'espace comblé. Du bout de ses toutes petites lèvres, le son se tord, s'active, et existe du telle manière que je l'écoute, bouche bée, convaincu de tout à sa racine, elle m'a convaincu rien qu'à travers sa prise de souffle.

Je pourrais trouver tous les mots du monde pour parler d'elle qu'il n'en existerait pas suffisamment pour expliquer la vraie force du sentiment que j'éprouve, rien qu'au moment où je laisse mon esprit divaguer à son image. Il y a des tas d'histoires que je me passe en boucle, des tas de mélodies et de larmes qui font exister cet amour à sa juste grandeur.

Un été, nous sommes partis avec quelques amis profiter des rayons du soleil du mois d'août, les premières vacances loin des obligations et des interdits. Nous avions bu une quantité effarante d'alcool, et nous avions dansé toute la nuit dans le salon de l'appartement que nous avions loué pour la semaine. Minuit sonnant, il était temps de me badigeonner de maquillage et de me rendre belle, le tout saupoudré d'un bleu flamboyant en guise de fard à paupières, d'un rose écarlate pour sublimer mes joues d'enfants et d'un rouge luisant sur mes lèvres de suceuse aguerrie, ne manquait plus qu'une couronne à mon image sur le sommet de mon crâne, il fallait bien entendu choisir une passoire blanche et délavée, quant à elle, elle ornait son chef d'un voile blanc fleuris. Nous nous sommes retrouvés dans les toilettes, moi assis sur ses genoux, et nous nous sommes filmés avec mon appareil photo pour raconter notre journée.

On est au confessionnal parce qu'on a à se confesser, on a fait de grosses bêtises.

Hamdoulillah, j'ai chaud putain.

Tu sais comme on est bien là ?

Alors aujourd'hui on n'a un peu rien fait et on a attendu les filles se préparer pendant 2 ans, Camille et Chloé on en a marre.

J'avais envie de les défoncer.

Enzo il t'a énervé aussi. Après ils ont fait un manège à la gerboulade.

Alors que ça s'appelle oxygène, tu parles le truc il était rempli de dioxyde de carbone

Ensuite on est rentré et on s'est sucé les doigts et je me suis brûlé avec les lauriers parce que je suis allergique.

Oh je crois que je filme nos pénis.

Un complice

C'est par ses mains qu'il me semble évident de commencer. Ses longues mains ornées de doigts fins et onduleux. Il a les ongles longs et la peau douce. Elles sont délicates et froides, elles jouent des airs qui m'envoutent sur le piano, elles savent comment me toucher. Tous les recoins de mon corps n'ont plus de secrets pour elles. Quand son index se dépose sur mes lèvres, quand il entre dans ma bouche, que je le mords, que je le suce. Quand elles caressent mes fesses, quand elles passent au milieu de mon dos, je frissonne, j'aimerai qu'elles ne s'arrêtent jamais. C'est un souvenir que je me dois de garder au plus profond de moi, le souvenir d'une chaleur qui m'emplie, d'un sentiment de protection intense et unique.

Et c'est par ses mains qu'il me semble évident de terminer. Ces mains qui désormais toucheront pour toujours un autre corps que le mien.

Repas de famille

Il est l'heure du repas de famille. J'ai toujours pensé que quatre-vingts pour cent des gens qui composent ma famille ne m'aimaient pas. Je veux dire, pas suffisamment pour me comprendre ou avoir envie de m'aider. Juste ce qu'il faut pour s'inquiéter en silence. Dans les moments où il faut se retrouver, autour d'une table immense après avoir entendu pendant une semaine qu'il ne fallait pas faire de vagues surtout, se préparer au pire aussi, j'entendais même que c'était « barbant », que personne n'avait envie d'y aller, qu'on allait se faire chier et qu'il fallait surtout fermer sa gueule, ou en tout cas le plus possible. Les seuls sujets autorisés seraient : les métiers, l'organisation du prochain noël, les anniversaires, le temps qu'il a fait la semaine dernière, le temps qu'il fait aujourd'hui et pourquoi pas celui qu'il fera demain aussi, on pourrait parler aussi du dernier film français comique raciste et homophobe sortie au cinéma récemment et enchaîner sur la maladie des pédés qui sont « comme les canapés, il y en a un dans toutes les familles » ou « nous on a de la chance personne ne l'avait dans les ancêtres, c'est pour ça qu'il n'y a pas dans la famille », on avait le droit aussi de boire un peu si on était majeur et de tremper ses lèvres si ce n'était pas le cas, on avait le droit de parler des vacances et de jouer à celui qui a pris les plus belles photos en enchainant sur « justement, prenons des photos » et nous serions engagé dans une incessante série de clichés au sourire forcé et malaisant.

Delirium

Quand j'étais plus petit, en âge comme en esprit, (quoi que je ne sois pas loin de la représentation dégueulasse du Peter pan contemporain), je passais mes après-midis de solitude à m'inventer des « aminos » comme j'aimais les appeler. On comprendra facilement le jeu de mot derrière cette appellation qui désignait de pauvres êtres fébriles et innocents complètement imaginaire ayant pour fonction d'être à la fois mes amis et des animaux de compagnie. Pour en venir au vif, chaque phase de création durait seulement le temps d'un après-midi, et pour les suivantes, qui malheureusement furent nombreuses à exister, le processus prenait un tout autre chemin.

Une fois, après des dizaines et des dizaines de tentatives désespérément désastreuses, j'avais enfin trouvé une sorte de confort et d'amour totalement délicat et crédible à mon actuelle liaison supposément éphémère avec ces nouveaux êtres faits de pensées. J'arriverais à me souvenir de chaque détail de ma relation avec ce petit chat ébouriffé et cette incroyable petite biche aux yeux fous qui imposait sa force et sa tendresse comme une caresse maternelle. J'avais lié une complicité fragile mais intensément belle avec ce chaton apeuré, discret mais à la fois extravagant et touchant, je trouvais dans son sourire, une joie immense et des rires à n'en plus finir. La biche quant à elle, était mon épaule, mon soutien permanent, d'une incroyable générosité et qui me donnait tout l'amour que je souhaitais, elle était les yeux à travers lesquelles je voyais le monde plus justement et qui me faisait en avoir moins peur.

Je dis que je m'en souviendrais à jamais, car j'ai trouvé plus tard, deux jolies femmes séduisantes et innocemment imposantes, qui m'ont tenu, bien plus d'une fois à en perdre toute force, la tête et le corps en dehors du précipice dans lequel je m'efforçais de vouloir tomber.

L'alcool

Lundi, quinze heures, je suis assis au chaud dans un lieu qui m'est familier, je demande à m'installer le plus proche possible d'une prise de courant afin d'y brancher mon ordinateur. J'écoute de la musique, regarde avec nostalgie les archives vidéos et photos dans les profondeurs de mes innombrables dossiers documents et images. Je commande une bière.

Il est bientôt seize heures dix, les larmes me montent de nostalgie, je commande une bière. La nostalgie est un concept épuisant, qui me fait perdre la tête. Je n'ai de cesse de me raccrocher à des souvenirs de moment heureux car je suis incapable d'en trouver dorénavant. Tout ce qui gravite autour de moi n'est que vice est déviance désormais.

Dix-sept heures quarante-trois, après l'intervention inopportune d'une femme à la peau ridée portant un chapeau en laine qui dissimule un crane nu résultant de multiples séances de chimiothérapie, qui est venue essuyer les larmes qui s'accumulait au coin de mes lèvres, je commande une bière.

Je commande une bière, il est dix-neuf heures trente-six, la soirée à laquelle je suis convié, à la station Bibliothèque François Mitterrand dans un pub irlandais minable que l'on m'a vendu en m'expliquant qu'il y avait trois heures d'open bar pour ceux inscrits sur la liste dont je faisais partie, a commencé il y a exactement trente-deux minutes.

Je pars, il est dix-neuf heures quarante-huit, seize minutes pour engloutir cinquante-six centilitres de bière. Je mets vingt-quatre minutes à arriver au second bar où je finirais ma nuit. Je commande un cocktail et une bière pour être sûr de baiser le capitalisme en profitant au maximum de la gratuité des festivités.

Je commande deux bières à vingt et une heures cinquante-trois, explosion de testostérone et de débauche, deuxième baise politique de la soirée, je frôle l'orgasme, je rencontre Vanessa, elle rigole trop fort, je l'emmène aux toilettes, dans lesquelles je ne ferais rien d'autre que de lui tenir les cheveux pendant qu'elle vomit l'équivalent d'une semaine de nourriture sur-graisseuse et indigeste.

Karim m'offre une bière à minuit dix-neuf.

Je rentre chez moi après avoir séduit Claire, uniquement pour profiter du taxi qu'elle allait commander pour finir dans mon lit à essayer de me toucher dans l'espoir d'un coït qu'elle pourra raconter à ses collègues frustrées et en couple le lendemain, pour finalement se trouver face à un garçon angoissé, incapable de désirer, ni de la regarder dans les yeux et qui oubliera son visage deux heures après son départ.

Mardi, vingt et une heure trois, une copine me rejoint au travail pour me tenir compagnie pendant la fermeture. Je bois une bière.

Vingt-trois heures, j'ai fini, nous allons en face, pour commander une bière avant qu'eux aussi entament la fermeture.

Il est minuit, nous prenons le métro en direction d'un bar de nuit qui ouvre ses portes jusqu'à cinq heures du matin, dans lequel nous commanderons des bières, trois ou six, impossible de me souvenir.

Il est cinq heures quarante-sept, dans le noctilien, un jeune homme ivre m'offre une bière en canette.

Je bois une bière chez mon amie avant de dormir. Je commence le travail dans cinq heures.

Mercredi, jeudi, vendredi, samedi, dimanche, et encore je n'ai pas fait de folie cette semaine.

Si j'étais un oiseau

Si j'étais un oiseau, je vivrais enfin dans le ciel. Je battrais des ailes jusqu'à en perdre haleine, je survolerais les océans jusqu'à l'épuisement, je tombe en chute libre, au fond de l'eau, là où je deviendrais un poisson. Si j'étais un oiseau, je me sentirais libre, je me sentirais sauvage et enfin heureux. Si j'étais dans le ciel, je voudrais crier qu'enfin j'ai trouvé ma bonne planète, trouvé mon envol. Oui, c'est ça, je veux m'envoler. Quitter ce paradis factice qui me bloque la respiration, qui compresse ma cage thoracique, je ne veux plus être une cage, je ne veux plus apprivoiser les autres, apprivoiser le mensonge, l'amour me fait peur, l'ennuie me fait peur, la vie me fait peur ; Si j'étais un oiseau, je sourirais, je me sentirais fort, puissant, je serais prêt à affronter les montagnes, enfin prêt à affronter l'existence, cette satané existence qui me tue. Je serais un colibri, un rossignol, un aigle, qu'importe, je vivrais comme un roi au pays des rois, je boufferais le temps, le vent, l'espace tout entier, je voudrais disparaître dans les nuages, dans la douceur du coton céleste. Dans la poésie des feuilles qui frissonnent sous la brise. Si j'étais un oiseau, je chanterais, à tue-tête, à me détruire la peau, je chanterais l'espoir, je chanterais la solide paix que j'aurais trouvé. Je parcourrais la terre entière, sans but, sans chemin déjà tracé, je serais seul, indépendant, heureux, vivant, je serais seul, indépendant, heureux, vivant. Encore une fois, répète-le-toi encore un fois, seul, indépendant, heureux et vivant. Je n'oublierais rien, je garderais le beau, ne vous en fait pas, si j'étais un oiseau, je garderais seulement le beau. Je garderais le souvenir de ta bouche, l'odeur de ces cheveux, la douceur de mon regard, l'orgueil des gens que j'ai réussi à aimer.

Laisse-moi être un oiseau, je t'écrirais une vie.

Un amant

C'est par ses yeux qu'il me semble évident de commencer. Ses yeux qui se sont posés sur mon corps, qui ont fondu dans les miens, peut-être cent-milles fois, si ce n'est plus encore. Ses yeux si légers, si doux, ceux qui regardaient dans la même direction que moi, qui devenaient noirs parfois mais qui restaient aussi beaux que lorsque qu'ils étaient verts. Ses yeux de voyou, d'enfant, d'amant. Ceux qu'il utilisait pour me dire, je t'aime. Qui ont fait exister en moi, ce qui a fait que je suis devenu tout ça. Lui qui m'a tendu là main pour mieux là lâcher, lui qui accroché son regard au mien pour ne plus jamais me l'échanger.

C'est par ses yeux qu'il me semble évident de terminer. Ses yeux qui diront je t'aime à d'autres pour toujours.

Sommaire

Rituel – page 11

Obsession – page 17

Phase dépressive – 21

Phase Maniaque – page 29

La Route – page 35

Un ami – page 41

Novembre – page 42

Petit poète – page 51

Une immensité – page 55

Je te hais pour dire je t'aime – page 61

Dans la nuit – page 67

Il y a toujours une fin – page 73

Combat – page 75

Besoin d'amour – page 79

Un complice – page 85

Repas de famille – page 89

L'alcool – page 91

Si j'étais un oiseau – page 95

Un amant - page 97